AF263191

QUELQUES MOTS

SUR

L'HISTOIRE DE ROUBAIX.

QUELQUES MOTS

SUR

L'HISTOIRE

DE

ROUBAIX

DE L'AN 300 A 1854.

PAR

ALPHONSE MONNIER.

LILLE

IMPRIMERIE DE L. DANEL, GRAND'PLACE

MDCCCLIV.

Le scel des càuses civiles de Roubaix, en 1579, porte :

D'HERMINE AU CHEF D'ARGENT.

Ce scel et un autre plus petit, gravés sur argent, sont aujourd'hui la propriété
de M. Leconte (Receveur des Contributions directes),
numismate distingué de Roubaix.

QUELQUES MOTS

SUR

L'HISTOIRE DE ROUBAIX[1]

I.

Il n'est plus, ô Roubaix ! ce temps où saint Chrysole
Prêchait pour exhorter tes paisibles aïeux
A suivre cette loi qui pardonne et console,
Et nous guide aujourd'hui sur la route des cieux.

(1) Voir aux notes explicatives.

Il n'est plus, ô cité! ce temps où, jeune et belle,
Les roses et les lis, les chênes, les ormeaux,
Couronnaient ton front pur d'une verte dentelle,
Où venaient librement gazouiller les oiseaux.

Alors régnaient chez toi la paix et l'harmonie,
Et si l'on élevait dans tes murs un palais,
C'était pour notre Dieu!. . . . Vint la châtellenie,
Inféodant ta terre aux seigneurs de Roubaix.

Et tu n'étais encor qu'un chétif assemblage
De chaumières aux toits tout émaillés de fleurs,
Quand Pierre vint changer l'humble nom de village,
En celui de Cité! Cité des *Bourgeteurs*.

Oh! Pierre de Roubaix! noble cœur, main puissante,
Les siècles ont détruit les murs de ton château,
Mais à ton souvenir, notre âme frémissànte,
Se redresse et grandit en fouillant ton tombeau.

— Ils sont tombés les murs de ta vieille chapelle,
Comme l'antique asile ouvert aux malheureux!
C'est le même démon qui brisa de son aile,
L'enceinte de granit qui gardait nos aïeux.

II.

Tous mes sens sont émus, humide est ma paupière,
Quand je médite ici l'esprit des anciens jours. . . .
J'interroge ou je prie en cherchant la lumière;
Le silence partout. . . .   le silence toujours. . . .

L'homme à l'homme succède, et les plus belles choses
Tomberaient dans l'oubli comme un rêve doré,
Si Dieu ne nous donnait, pour expliquer les causes,
L'alchimiste au cœur d'or : le poète sacré !

« — Trop tôt Dieu te reprit, pauvre Decottignies !
» Toi que Roubaix nomma le chantre audacieux;
» Et qui des Balthazars sus flétrir les orgies,
» Dans des vers qui semblaient être émanés des cieux. »

« —Viens avec moi, Nadaud, viens chanter sur sa tombe ;
» Peut-être verrons-nous, comme on voit la colombe,
» Le séraphique enfant sur nos têtes planer.
» — Viens avec moi chanter un hymne funéraire,
» A celui que Roubaix nomme ange tutélaire,
» Ainsi qu'il te nomma : le second Béranger ! !. . . . »

III.

— Vieux Roubaix, tu n'as plus, de ton aspect antique,
Qu'une maison de Dieu !. . . L'église Saint-Martin ! (2)
Conserve-la toujours ; cette page historique
Présidera longtemps à ton futur destin. . . .

— J'ai comparé souvent le progrès, l'âge à l'âge,
Le siècle au siècle, hélas ! et la ville au hameau ;
Mais comme fasciné par quelque faux mirage,
Là s'arrêtait, pour toi, mon timide pinceau.

— Que dis-je ?... et cependant tu n'as point de semblable,
Ton génie a vaincu toute rivalité ;
— L'univers trouve en toi la source intarissable,
Des richesses, du goût et de la nouveauté. (3)

— Ton génie inventif, géante industrielle,
A marqué ton passage à la postérité ;
— Quelques jours t'ont suffi pour briser de ton aile
Tout obstacle contraire à ta prospérité. (4)

» — Oh ! Robert de Melun ! ange parmi les anges,
» Viens accorder ma lyre et chanter les louanges
» Que Napoléon III imprima dans nos cœurs. (5)
» — Tu verras que Roubaix doit porter pour emblême,
» Le surnom glorieux, immortel et suprême
» De *Reine des Cités, Mère des travailleurs ! ! !*... »

N'oublions pas, amis, que notre Impératrice,
Daigna recommander, de sa voix protectrice,
Les nautiques travaux du canal de Roubaix (6) . ...
— Oh ! si j'avais pour vous le luth divin d'Homère,
Je le ferais vibrer jusqu'à l'Auguste Mère,
Dont la France bénit chaque jour les bienfaits !

Confiance, il viendra ce grand jour d'allégresse,
Qui doit doubler encor la grandeur, la richesse,
Des travailleurs qu'unit un loyal concordat. . .
— Il viendra ce beau jour, où, bénissant nos pères,
Nous chanterons : triomphe, avec leurs mandataires
Mimerel et Descat ! !. . . .

IV.

— J'aime à te voir le soir, sous l'aspect fantastique
D'un cercle lumineux : zodiaque magique,
Où semblent s'engager des combats de Vulcains !
— Au sommet de la tour, quand je monte à l'aurore,
Et qu'un riant soleil te caresse et te dore,
J'aime à te voir, Roubaix, dans tes riches jardins !

— Du sommet de ta tour, de mon œil de poète,
J'admire bien souvent ta moderne grandeur ;
— Te mesurant des yeux, de ta base à ton faîte,
J'éprouve, en souriant, des battements de cœur.

J'aime à te voir aussi quand le soleil rayonne,
Par un de ces beaux jours de printemps ou d'automne,
Alors que ton profil, sous un dôme d'azur,
Présente aux sens émus ton aspect le plus pur.

Rival de Manchester !. . . . émule de Carthage, (7)
J'aime à te comparer aux cités d'un autre âge
       Qui flétrissaient l'oisiveté.
— J'aime à voir fourmiller, dans tes grandes artères,
Ces essaims descendant des ruches ouvrières,
       Alors que la cloche a tinté.

— La moderne Cité, la ville hospitalière,
Peut, dans un noble orgueil, porter sur son fronton :
Je suis des travailleurs la mère nourricière,
Où l'homme ingénieux peut devenir *patron.*

NOTES.

———

(1) Après avoir consulté la plupart des historiens ou compilateurs qui ont écrit et publié des notices sur la ville de Roubaix, nous aurions cru manquer à notre devoir et laisser un vide dans notre esprit sur l'étude complète des documents propres à l'éclairer, si nous n'avions aussi consulté M.T. Leuridan, enfant de Roubaix, que nous savions avoir consacré quelques années de sa vie à l'étude de l'histoire de sa ville natale, et posséder de précieuses notes que son excès de modestie a toujours empêché de publier. Nous avons puisé dans ces fragments authentiques des inspirations vraies et dignes de répondre, au moins quant au fond, à la confiance de nos nombreux souscripteurs.

Voici, à cette occasion, la lettre que M. Leuridan a bien voulu nous écrire et dont nous prenons avec lui toute la responsabilité historique.

« Monsieur ,

» Heureux de pouvoir aujourd'hui vous être de quelque utilité, je m'empresse de vous remettre, selon votre désir, dans le cadre le plus restreint, un extrait laconique de mes notes sur l'histoire de Roubaix jusqu'à la révolution de 89. Puissiez-vous en tirer bon parti.

» L'étymologie « Rubetum , lieu couvert de buissons, de ronces, » qui pourrait faire remonter l'origine de cette ville à l'occupation de la Gaule belgique par les Romains, a été jugée plus ingénieuse que solide... Quoi qu'il en soit, Roubaix paraît, à la fin du troisième siècle, comme centre choisi par l'un des apôtres du christianisme, St.-Chrysole, pour y prêcher l'évangile. Les prédications de ce saint eurent du reste peu de résultats, puisque, au rapport de Buzelin, nous retrouvons Roubaix, au neuvième siècle, encore plongé dans l'idolâtrie qu'il n'abandonne entièrement qu'à la voix d'une sainte femme nommée Tècle.

» On y bâtit alors une église qui, comme celles des environs, fut ravagée par les Normands, en 903.

» Roubaix donne son nom à la maison de Roubaix ; les membres de cette famille illustre et puissante, institués, suivant le système féodal, les seigneurs du lieu, ennoblissent ce titre par leurs exploits et leurs vertus !... Nous les voyons, d'abord au huitième siècle, figurant parmi les douze pairs qui composaient le tribunal du comté de Hainaut ; plus tard armés pour les croisades, comme Hugues de Roubaix et plusieurs autres ; mêlés ensuite aux querelles des comtes de Flandre, comme Alard et Philippe de Roubaix ; puis enfin, comme Jean de Roubaix et son fils Pierre, remplissant auprès des ducs de Bourgogne, comtes de Flandre, les premières charges du pays.

» Nous voici arrivés au temps de Pierre de Roubaix, dont la tradition nous a conservé l'histoire imprégnée de fables et de merveilleuses légendes, à travers lesquelles cependant il est aisé de distinguer que ce fut là l'époque la plus avantageuse à la marche progressive de Roubaix. En effet toutes les fondations de piété et de bienfaisance, les priviléges de fabrique, les institutions utiles dont nous retrouvons les traces, datent de ce temps.

» Pierre de Roubaix que l'on considère, à juste titre, comme le bienfaiteur de notre ville, obtient de Charles le Téméraire, duc de Bourgogne, une charte datée de La Haye, en Hollande, le premier novembre 1469, accordant à Roubaix son premier privilége de fabrique connu, [qui donne naissance à la corporation des Bourgeteurs et Saïetteurs, et où Roubaix est qualifié ville.— Nous voyons, en effet, vers le milieu du quinzième siècle, ce seigneur bâtir à Roubaix, un château « qu'il entourre de murailles et clorre le bourg dudict Roubaix de fossez et de haies et amasser de maisons, » et c'est à cette clôture qu'il faut attribuer la qualificaion « ville » donnée par le duc de Bourgogne ; c'est du reste le premier document où nous lui trouvons ce titre.

» De retour d'un voyage en terre sainte, Pierre de Roubaix fait bâtir la chapelle du St.-Sépulcre, dédiée, en 1460, par l'évêque de Tournay, et la chapelle St.-Georges dont il ne reste plus de trace. — Plus tard, en 1488, sa fille, Isabeau de Roubaix, fait bâtir l'hôpital Ste.-Elisabeth avec une chapelle où elle trouva sa sépulture le 25 mai 1502.

» Pierre de Roubaix n'ayant pas laissé d'héritier mâle, la terre de Roubaix passa successivement aux maisons de Werchin et de Melun ; érigée en marquisât en faveur de Robert de Melun, qui ne laissa point de postérité, elle passa à la maison de Ligne, puis à celle de Soubise qui en jouit jusqu'à la révolution de 89.

» Parmi les noms distingués que Roubaix a produits, il faut citer :

» Tècle, dame d'origine noble, à qui l'on attribue la découverte du tombeau de saint Eleuthère, à Blandin, et qui contribua puissamment à la conversion des habitants, 881.....

» Walter, également d'origine noble, évêque de Tournai, en 1252, qui fit bâtir l'église de Wasquehal.....

» Jean Prus, docteur en théologie, doyen de Roubaix, prêtre d'un savoir éminent (au XVII.ᵉ siècle).....

» Nicolas Dannœullin, qui, en 1773, invente à Lille et enseigne à mettre en œuvre un métier à tisser produisant tous les effets de celui auquel le célèbre Jacquart a donné son nom.

» On n'apprendra pas sans intérêt, dit M. V. Derode, dans son histoire de Lille, que cet industriel, qui a trouvé dans nos magistrats un généreux secours, mais dont le nom est resté jusqu'ici dans un injuste oubli, est né à Roubaix.

» Ne serait-il pas temps de lui rendre enfin l'honneur qui revient à sa découverte ? Les Roubaisiens qui trouvent aujourd'hui, dans une machine semblable à la sienne, la source de leurs richesses, laisseront-ils un compatriote privé de la gloire qui lui appartient et dont l'éclat doit, en définitive, rejaillir sur eux..

» Alard de Roubaix et son fils, tous deux conseillers au parlement de Flandre, 1684 et 1711....

» De la seigneurie de Roubaix relevaient un grand nombre de fiefs et de terres annoblies ; de là la première partie de ce dicton populaire : « Roubaix la noble, Tourcoing la riche, Lannoy la pauvre.» Sur le territoire même, autour de la seigneurie principale, se groupaient d'autres fiefs, tels que « La Bourde, la Fontainerie, Gourguené, Delehaye, etc....» C'est de cette dernière maison qu'étaient originaires les rois des « Estimaux ». La royauté des Estimaux, ressemblant fort à celle d'Yvetot, était établie à Faches, son principal fief. On voyait encore au dernier siècle, dans l'église de Roubaix, sur une épitaphe en partie détruite, ces mots : « Ci-gît Willaume, sire de la Haye, chevalier, roi, etc, » Voilà, dit le docteur Le Glay, le Pharamond des Estimaux,...

» Mais les bornes de cette lettre ne me permettant pas de m'étendre davantage sur ces particularités de l'histoire de notre ville, j'entreprends de suite quelques mots sur la fabrique.

» Nous ne voyons nulle part Roubaix cité parmi les localités voisines où fleurissaient au 12e.

et au 13e. siècle, les manufactures d'étoffes de laine. Pouvons-nous conclure de ce silence que sa fabrique n'existait pas à cette époque? Nos pères seuls, seraient-ils restés étrangers au grand mouvement industriel qui se produisait alors autour d'eux comme par toute la Flandre?

» Quoi qu'il en puisse être, la corporation des Bourgeteurs et Saïetteurs est, au XVe. siècle, assez considérable pour que Pierre de Roubaix obtienne de son souverain, comme nous l'avons dit plus haut, des priviléges en vertu desquels « les manants et habitants de Roubaix pourront dorénavant licitement drapper et faire draps de toutes laines. » Ces priviléges ne tardèrent pas à exciter la jalousie des Lillois qui, pendant les trois siècles suivants, cherchent, par une suite non interrompue de procès ruineux, à y apporter toute espèce d'entraves ; notre fabrique, toujours restreinte, toujours comprimée, marche cependant vers son but de perfection et d'agrandissement. Écartant les obstacles, Roubaix sort de la lutte plus fort et plus puissant pour s'élever enfin au premier rang des cités industrielles.

» Le 6 novembre 1553, intervint une ordonnance règlementaire de Charles-Quint. Voici, en substance, quelques-unes des dispositions de cette ordonnance, complétée, l'année suivante, par celle du seigneur de Roubaix :

» Roubaix pourra faire « trippes de velours et bourgeteries de grosses étoffes, laissant à Lille les » ouvrages les plus fines. » Il y aura « cinq eswards lesquels prêteront serment de faire droit et » justice à chacun sans déport et dissimulation.» Voilà l'origine des Prud'hommes.

— « Le jour de la transfiguration de notre Seigneur (6 août) les eswards, les métiers et suppôts » d'iceux, à l'honneur de Dieu, notre créateur et rédempteur, se rendront à l'église pour y assister à » une messe solennelle. » Voilà l'origine de la fête des fabricants.

» Nul ne pourra ouvrer qu'il n'ait apporté son nom par escript et telle marque et enseigne qu'il » voudra faire sur lesdicts ouvrages. » Voilà l'origine du dépôt des marques de la fabrique.

» Pour arriver à la] maîtrise, il faut, premièrement, avoir acquis droit de bourgeoisie, faire » ensuite son chef-d'œuvre.

« Ledict métier ne peut s'exercer qu'au bourg et en cloture de haies. »

» Le 3 mars 1609 un arrêt rendu à Bruxelles, par le conseil de l'archiduc d'Autriche, autorise Roubaix à faire bourrats et futaines. Lille entreprend vainement en 1629 de faire restreindre la manufacture de notre ville à la seule fabrication des damas de laine ; en 1693, de lui faire défendre la fabrication des calemandes ; en 1725, de lui faire imposer un droit de plomb. Roubaix lutte toujours jusqu'à ce qu'enfin un mémorable arrêt du 7 septembre 1762, vint ouvrir pour la France une nouvelle ère de liberté industrielle et permettre à tous de filer toutes espèces de matières, de fabriquer toutes sortes d'étoffes et de leur donner tous apprêts. Libres de toute contrainte, nos habitants donnent l'essor à leur génie. L'introduction du coton dans la manufacture ouvre un vaste champ à leur féconde industrie. La fabrication des basins, chaîne fil et trame coton, devient bientôt considérable, et à la fin du dernier siècle, Roubaix fournit à la consommation par année, jusqu'à six mille pièces de cette seule étoffe, pour une valeur de plus de 200,000 francs. Enfin, s'il faut en croire M. V. Derode, Roubaix expédiait annuellement, sous l'Empire, plus de « huit cent » mille pièces de nankin. »

Je termine cette lettre, déjà trop longue peut-être pour le cadre que vous vous êtes tracé, et vous prie, Monsieur Monnier, d'agréer l'assurance de mon cordial dévouement.

« Th. Leuridan. »

(2) Monument gothique, échappé au violent incendie de 1684, que l'on restaure très-habilement aujourd'hui, sur de plus grandioses et plus vastes proportions. — Roubaix possède aussi une église Notre-Dame récemment construite d'après la nouvelle école ou style (si style il y a) moderne !!... renaissance !! . . . .

(3) Tout en méditant sur les hommes et les choses, tout en observant et comparant les diverses créations humaines, dans les mille chefs-d'œuvre qui se présentent et se déroulent chaque jour nos yeux, comme les pages d'un livre mystérieux, merveilleux et nouveau, nous nous sommes demandé bien souvent si l'on ne pourrait point, comme cela se pratique à l'égard des peintres, des littérateurs, des antiquaires, des architectes et des chroniqueurs, — placer ou ranger parmi les artistes célèbres, quelques-uns de ces ouvriers de la pensée et de la main, — de ces prototypes industriels, qui travaillent souvent le jour et la nuit sur ces savantes combinaisons du dessin des

tissus, ou dans la construction, non moins savante, de ces puissantes machines qui sont aujourd'hui substituées à la main trop faible de l'humanité !. ... — Nous voudrions aussi un livre, une histoire de la fabrique ; un livre théorique et pratique, comme il vient d'en paraître un sur l'imprimerie, — un livre fait par une main qui travaille ou qui a travaillé .. un livre qui ferait école et qui, en immortalisant son auteur, servirait de guide aux générations industrielles.

(4) Quelles belles pages à écrire ! que celles où résumant les diverses phases comparées sous lesquelles la fabrique de Roubaix s'est présentée depuis sa création, du quinzième et du seizième siècle, alors que l'on ne faisait dans cette ville que des bourgetteries, saïetteries et trippes de velours, — aux dix-septième et dix-huitième siècles, les futaines, calemandes et toutes ses variétés, grisettes, bourats de gênes, prunettes, etc... et au dix-neuvième siècle où la mode et la nouveauté, en commençant par Decresme (qui obtint une médaille de bronze à l'exposition nationale de 1802), vinrent dérouler, aux yeux étonnés de l'univers, ses riches et ingénieux produits qui font la gloire de leurs créateurs tout en faisant la prospérité de leur pays. — S'ils n'étaient notoirement connus, si leur réputation n'était européenne, pour ne pas dire universelle, si ce n'était, disons-nous, sortir du cadre trop étroit que nous nous sommes imposé aujourd'hui, nous citerions les noms de ces pro. ducteurs éminents, inscrits déjà au grand-livre des sommités industrielles et qui ont obtenu des mé . dailles ou des mentions honorables ! (1819-1834-1839-1844-1849), sans oublier cette autre catégorie d'hommes de talent timides ou indifférents, égoïstes peut-être, ou qu'une modestie, coupable à nos yeux, a, jusqu'à ce jour, empêchés de se produire publiquement pour être jugés et justement appréciés..
— Que de choses à dire pour le penseur impartial qui veut palper et sonder une à une toutes les facettes ou toutes les causes qui ont paralysé l'industrie Roubaisienne depuis la serre féodale, l'inquisition, les guerres de religion au seizième siècle, la multitude des impôts au dix-septième, les procès ruineux avec Lille jusque vers le milieu du dix-huitième siècle !.. (1762). Alors seulement secouant le joug et brisant tout obstacle, Roubaix vit, par un arrêt du roi Louis XV, s'ouvrir pour elle cette grande ère de la liberté industrielle que la révolution de 89 comprima momentanément. Enfin le dix-neuvième siècle dans sa marche progressive nous apporta la mull-Jenny, le métier à la Jacquart et les machines à vapeur qui triomphent aujourd'hui et remplacent avantageusement l'âne, le mulet et le cheval qui avaient été jusqu'alors les seuls moyens de traction et de locomotion.

(5) Le 24 septembre 1853, LL. MM. l'Empereur Napoléon III et l'Impératrice visitèrent la ville de Roubaix et ses produits industriels. Un immense palais d'exposition avait été très-coquettement disposé à cet effet, place de la Gendarmerie, (place de la Liberté).

(6) M. A. Mimerel, aujourd'hui Sénateur, comme président du Conseil général des manufactures, parvint, à force d'instances et de dévouement, à obtenir l'exécution du travail du canal, tel qu'il est aujourd'hui. Une médaille en or lui fut, à cette occasion, décernée sur le produit d'une sous-cription des habitants de Roubaix.

(7) Tout le monde connaît l'immense ville industrielle anglaise Manchester... Tout le monde sans doute se rappelle, comme nous, que le commerce était, à Carthage, l'occupation, l'objet particulier, le caractère propre et dominant des Carthaginois ; les plus considérables de la ville ne dédaignaient point de faire le négoce ; ils s'y appliquaient comme les moindres citoyens. Ce qui n'a pas empê-ché cette grande cité de donner le jour à Annibal qui en a fait l'honneur en tout genre, ainsi que Magon, Hennon, Clitomaque et le célèbre Térence !! autant sous le rapport de leurs écrits que de leurs victoires. Puisse ce parallèle se réaliser avec les événements qui vont se présenter.

Cette citation, dont nous aurions très-bien pu nous dispenser, nous donne l'occasion de dire que, si le commerce est aussi l'objet particulier, le caractère propre et dominant des Roubaisiens, il ne faut pas que, de prime abord, l'étranger vienne en conclure pour cela, qu'ils sont comme la plupart des commerçants des autres pays, travaillés d'une avarice insatiable qui ne leur laisse point le temps de se livrer à aucune distraction ; au contraire, ils savent entremêler les affaires aux plaisirs et aux fêtes artistiques, soit chez eux, soit chez leurs voisins ; et ce qui est bizarre, exceptionnel chez un peuple né sur un sol humide et sous un ciel presque toujours sombre, c'est cette gaieté constante qui donne à sa physionomie la franche aménité que tous les étrangers et observateurs se plaisent à reconnaître chaque jour, dans leurs rapports commerciaux et sociaux avec les habitants de Roubaix.

www.ingramcontent.com/pod-product-compliance
Lightning Source LLC
Chambersburg PA
CBHW050713070726
47597CB00010B/4432